Notre-Dame de Paris

FichesdeLecture.com

Notre-Dame de Paris
(Fiche de lecture)

I. INTRODUCTION

Notre-Dame de Paris est un célèbre roman de Victor Hugo (1802-1885). Il paraît pour la première fois chez Gosselin en 1831, mais l'on considère sa huitième édition de 1832 comme la version définitive. L'écrivain a ensuite tiré de son œuvre un livret en quatre actes destiné à l'Opéra. Malgré le peu de succès de cette première adaptation, la postérité est venue rattraper cet échec de *la Esméralda* avec les succès que l'on connaît, dans de nombreux domaines artistiques. Car qui ne connaît pas aujourd'hui les noms de Quasimodo ou d'Esméralda ?

Le roman a pour sous-titre « 1482 », ce qui annonce bien qu'au-delà des intrigues individuelles, c'est le portrait d'une époque dans son ensemble qui va nous être proposé. Et en effet, le roman met en lumière la révolution de Juillet et la transition du Moyen-âge vers la Renaissance. Il mêle donc le romanesque et des traits du roman historique et philosophique.

II. RÉSUMÉ DU ROMAN

Livres I et II

Le jour de la fête des Fous, le 6 janvier 1482, un mystère du poète Gringoire est donné dans la grande salle du Palais de Justice de Paris.

Pendant ce temps, sur le parvis de la cathédrale Notre-Dame, Esméralda la bohémienne danse ; Quasimodo, le sonneur de cloches bossu de la cathédrale, tente alors d'enlever la jeune femme suite aux ordres donnés par l'archidiacre Claude Frollo. La gitane est sauvée par un groupe d'archers commandé par le capitaine Phoebus de Châteaupers. Malgré le fait que ce dernier soit déjà fiancé à Fleur-de-lys, il tombe sous le charme de la danseuse.

Puis c'est au tour d'Esmeralda de sauver Gringoire, en acceptant de l'épouser. En effet, après s'être perdu dans la Cour des Miracles, Gringoire est prisonnier de brigands (la Cour des Miracles désignait à l'époque des espaces de non-droit parisiens où les mendiants et sans-papiers vivaient selon leurs propres hiérarchie et règles).

Livres III à VI

On y trouve de nombreuses descriptions de la cathédrale Notre-Dame et de son architecture gothique, mais aussi de l'ensemble du Paris médiéval vu depuis les hauteurs de l'édifice. C'est d'ailleurs là que vit Quasimodo, entre les cloches dont il s'occupe. Mais il est condamné au pilori pour avoir assailli Esméralda. Toutefois, lorsque la jeune femme vient lui donner à boire, il tombe éperdument amoureux d'elle. Pendant ce temps, Frollo lui aussi se consume d'amour pour la danseuse.

Livre VII

Esméralda, de son côté, est amoureuse de Phoebus, qui est un bel homme. Mais alors qu'elle a rendez-vous avec lui dans une maison borgne, le capitaine est poignardé par Frollo. Ce dernier n'hésite pas à laisser Esméralda se faire accuser à sa place.

Livres VIII à X

Non seulement la jeune femme est condamnée pour meurtre, mais en plus elle doit répondre d'accusations de magie, en raison des tours qu'elle effectue avec Djali, sa chèvre.

Esméralda refuse de se donner à Frollo pour avoir la vie sauve et se rend donc devant la cathédrale pour y recevoir son châtiment. Quasimodo, à ce moment, décide de l'enlever dans le lieu sacré et protégé en raison du droit d'asile.

Les truands qui vivaient avec Esméralda s'inquiètent de la disparition de la jeune femme et prennent Notre-Dame d'assaut, mais Quasimodo tue le frère cadet de Frollo, Jehan, et les archers repoussent les assaillants.

Livre XI

Frollo parvient à s'emparer d'Esméralda, mais cette dernière le repousse. Il a la remet alors à la Sachette, une vieille femme recluse du Trou-aux-rats, en attendant les forces de l'ordre. Cette dernière reconnaît en Esméralda l'enfant qu'elle a perdue et essaie donc de la cacher. Peine perdue : la bohémienne est capturée de nouveau. Les sergents l'entraînent vers le gibet, où elle est pendue. Frollo et Quasimodo assistent à son exécution depuis le haut des tours de la cathédrale. Fou de douleur, Quasimodo précipite le prêtre ravisseur dans le vide et se laisse lui-même mourir dans le charnier de Montfaucon, tenant dans ses bras le cadavre de l'« Égyptienne », tandis que Gringoire continue à écrire et que Phoebus se marie, puisqu'en fait, il n'est pas mort.

III. PRÉSENTATION DES PROTAGONISTES

Quasimodo

Le sonneur de cloches de Notre-Dame est un bossu au physique hideux : il a par exemple une grosse verrue qui lui recouvre l'œil, et il est sourd et boiteux.

Abandonné très jeune, il est recueilli et élevé par Frollo. Quasimodo a un cœur pur et innocent, et cette pureté est liée à la cathédrale elle-même. En effet, son attirance pour les cloches et ce qu'elles dégagent sont en fait son seul lien au monde, jusqu'au jour où il tombe amoureux d'Esméralda.

Le personnage est d'autant plus complexe qu'il évolue au cours du roman, passant du statut de monstre sans-cœur soumis à Frollo à un homme amoureux prêt à se sacrifier. Son nom évoque un être à demi-formé.

Esméralda

La gitane est une très belle danseuse, ce qui provoque l'amour de trois des protagonistes masculins, Quasimodo, Phoebus et Frollo. Accompagnée de sa chèvre Djali, elle charme la foule avec ses tours de magie et son apparence charmante. Elle garde toujours autour de son cou une amulette et d'autres babioles destinées à l'aider à retrouver ses parents. On découvre vers la fin du roman que la vieille femme serait sa mère.

Claude Frollo

L'archidiacre est l'ennemi, l'antagoniste du roman. Il est déchiré entre sa vocation religieuse qui l'entraîne vers Dieu, et son amour passionné pour Esméralda. C'est lui qui a recueilli et élevé Quasimodo, avant d'en faire un sonneur de cloches dans sa cathédrale. Il lui a notamment appris à lire et à écrire.

Frollo n'incarne pas le « méchant » traditionnel, bien au contraire, puisqu'il fait preuve de compassion et d'intelligence. Il aime énormément son jeune frère Jehan et a d'ailleurs tout fait pour que ce dernier soit heureux, même après le décès de leurs parents.

Victor Hugo a expliqué la lente chute de Frollo vers la magie noire et la folie par son échec dans l'éducation de son frère et de Quasimodo. Jehan, par exemple, passe son temps à jouer et à boire, laissant complètement ses études de côté. Quant à Quasimodo, sa surdité limite beaucoup son apprentissage.

Dès lors, le bossu devient à la fois un symbole de son échec, mais également un outil de vengeance puissant pour se débarrasser de ses frustrations existentielles. Le désir incontrôlable de Frollo pour Esméralda conduit à l'exécution de la jeune femme de même qu'au meurtre de Phoebus ou à la torture de Quasimodo, entre autres.

Phoebus de Châteaupers

Le capitaine des archers est fiancé à Fleur-de-lys, mais il est immédiatement séduit par Esméralda, sans pour autant avoir de sentiments pour elle. C'est en fait un coureur de jupons notoire.

Lorsque Frollo le poignarde, on le croit mort ; mais il se remet lentement sur pied, tout en gardant le silence lorsqu'Esméralda est condamnée pour son meurtre. Il finit d'ailleurs par épouser Fleur-de-Lys de Gondelaurier.

Son prénom vient du grec et se réfère au soleil.

Pierre Gringoire

Le poète et philosophe est sauvé de la pendaison par un groupe de vagabonds grâce à l'intervention d'Esméralda, qui accepte de se marier avec lui pour une durée de quatre ans.

Il rejoint les vagabonds par la suite et contribue involontairement à aider Frollo lorsqu'il remet Esméralda aux autorités.

Fleur-de-Lys

La fiancée de Phoebus est extrêmement jalouse de sa rivale Esméralda. Elle n'hésite donc pas à humilier la gitane en se moquant de ses vêtements. Elle épouse Phoebus à la fin du roman.

IV. PERSPECTIVES ANALYTIQUES

Le portrait d'une époque

Bien que l'intrigue se décline beaucoup autour des désirs masculins convergents vers Esméralda, l'intérêt du roman de Victor Hugo réside aussi beaucoup dans la signification historique de l'ouvrage.

Nous y croisons ainsi un archidiacre symbole de la théocratie de l'Église de l'époque, mais aussi de la nouvelle monarchie mise en place sous Louis XI et incarnée par le capitaine ; s'y mêlent aussi toutes les composantes sociales d'une époque : la figure du monstre, le peuple puéril...

L'écrivain dresse un portrait complet de cette époque, agitée par des affrontements entre le peuple et l'Église, la monarchie contre la bourgeoisie, mais aussi contre l'ancienne féodalité, la gestation de l'État moderne, le conflit accentué entre nobles, clergé et Tiers-Etat...

Si cette société se déchire, elle s'accorde cependant sur un point : l'exclusion des marginaux, des bohémiens ou des truands. Or ce sont ces protagonistes qui participent à la majeure partie de l'histoire. Cela permet de développer le thème du déterminisme social décelé par l'auteur. La scène au cours de laquelle Frollo observe une mouche capturée dans une toile d'araignée est très révélatrice de cette perspective.

Ce portrait à la fois social et historique permet à Victor Hugo de mettre en avant des conflits idéologiques chers à ses yeux : la liberté contre la théocratie, l'homme face au système judiciaire abusif, la presse libre contre le dogmatisme... Tous les personnages servent donc à représenter un combat qui n'est autre que celui de la conscience humaine, au cœur d'un microcosme littéraire composé d'une série de tableaux, de scènes, d'évènements de rue et de descriptions que l'on a parfois mis abusivement sur le compte du romantisme ou de la fantaisie de l'auteur.

Un avenir incertain

Victor Hugo s'interroge sur cette société en devenir. On le voit notamment sur plusieurs points : d'abord, ses personnages individuels finissent par s'effacer au profit de groupes, de personnages collectifs ou stéréotypés. La foule à cet égard joue un rôle important. Elle peut être menaçante, spectatrice, festive...

Face à ce mouvement humain, Hugo développe la question du savoir, de la connaissance humaine et des conflits possibles entre les systèmes d'interprétation. Il y mélange des questions de tentation individuelle aussi bien que de conflits entre groupes sur leur vision du monde.

Or la gigantesque mutation sociale à laquelle nous assistons dans l'œuvre apparaît d'abord comme une déconstruction de la tradition, avant même d'être une construction durable d'un avenir encore flou. De manière symbolique, Quasimodo est d'ailleurs l'un des seuls personnages en mesure d'incarner une régénération de l'homme. Il symbolise en fait le renouveau de la pureté, car il ne fait qu'un avec la cathédrale, telle une « pierre vive » comme ont pu l'écrire certains critiques littéraires.

Malgré tout, l'avenir reste incertain. La monarchie vieillit, voire se meurt, et si la modernité semble se construire à petits pas, les intellectuels sont encore dans un espace d'entre-deux : on le voit aux distinctions établies entre la figure de Gringoire et celle de Frollo.

La place de Notre-Dame

Le roman vient consacrer la place de la cathédrale Notre-Dame de Paris. Elle y est décrite, chantée, louée ; on rend justice devant ses portes (injustice aussi...), mais elle est également le lieu du droit d'asile, de la protection et de l'inviolabilité de ceux qui viennent s'y réfugier.

En tout cas, elle est symboliquement et géographiquement le cœur de la ville parisienne, autour duquel viennent se broder les intrigues aussi bien amoureuses que policières ou criminelles. Ce n'est donc pas pour rien que le roman porte son nom, ou que le personnage de Quasimodo lui ressemble autant, après des années passées dans l'ombre de ses tours.

Le « majestueux et sublime édifice » gothique du livre III est suivi un peu plus tard de la dénonciation des démolisseurs des monuments gothiques. Mais elle est aussi l'annonce symbolique de la fin d'une époque, puisque Victor Hugo écrit qu'elle est ce « soleil couchant que nous prenons pour une aurore ».

De par sa nature gothique, enfin, elle symbolise la transition entre le Moyen-âge et la Renaissance, puisqu'elle-même est entre deux mouvements, roman et gothique. Elle devient alors une véritable « bible de pierre », dotée d'une aura fantastique à la « végétation capricieuse »...

Dans la même collection en numérique

Les Misérables
Le messager d'Athènes
Candide
L'Etranger
Rhinocéros
Antigone
Le père Goriot
La Peste
Balzac et la petite tailleuse chinoise
Le Roi Arthur
L'Avare
Pierre et Jean
L'Homme qui a séduit le soleil
Alcools
L'Affaire Caïus
La gloire de mon père
L'Ordinatueur
Le médecin malgré lui
La rivière à l'envers - Tomek
Le Journal d'Anne Frank
Le monde perdu
Le royaume de Kensuké
Un Sac De Billes
Baby-sitter blues
Le fantôme de maître Guillemin
Trois contes
Kamo, l'agence Babel
Le Garçon en pyjama rayé
Les Contemplations

Escadrille 80

Inconnu à cette adresse

La controverse de Valladolid

Les Vilains petits canards

Une partie de campagne

Cahier d'un retour au pays natal

Dora Bruder

L'Enfant et la rivière

Moderato Cantabile

Alice au pays des merveilles

Le faucon déniché

Une vie

Chronique des Indiens Guayaki

Je voudrais que quelqu'un m'attende quelque part

La nuit de Valognes

Œdipe

Disparition Programmée

Education européenne

L'auberge rouge

L'Illiade

Le voyage de Monsieur Perrichon

Lucrèce Borgia

Paul et Virginie

Ursule Mirouët

Discours sur les fondements de l'inégalité

L'adversaire

La petite Fadette

La prochaine fois

Le blé en herbe

Le Mystère de la Chambre Jaune

Les Hauts des Hurlevent

Les perses

Mondo et autres histoires

Vingt mille lieues sous les mers

99 francs

Arria Marcella

Chante Luna

Emile, ou de l'éducation

Histoires extraordinaires

L'homme invisible

La bibliothécaire

La cicatrice

La croix des pauvres

La fille du capitaine

Le Crime de l'Orient-Express

Le Faucon malté

Le hussard sur le toit

Le Livre dont vous êtes la victime

Les cinq écus de Bretagne

No pasarán, le jeu

Quand j'avais cinq ans je m'ai tué

Si tu veux être mon amie

Tristan et Iseult

Une bouteille dans la mer de Gaza

Cent ans de solitude

Contes à l'envers

Contes et nouvelles en vers

Dalva

Jean de Florette

L'homme qui voulait être heureux

L'île mystérieuse

La Dame aux camélias

La petite sirène

La planète des singes

La Religieuse

1984 A l'Ouest rien de nouveau

Aliocha

Andromaque

Au bonheur des dames

Bel ami

Bérénice

Caligula

Cannibale

Carmen

Chronique d'une mort annoncée

Contes des frères Grimm

Cyrano de Bergerac

Des souris et des hommes

Deux ans de vacances

Dom Juan

Electre

En attendant Godot

Enfance

Eugénie Grandet

Fahrenheit 451

Fin de partie

Frankenstein

Gargantua

Germinal

Hamlet

Horace

Huis Clos

Jacques le fataliste

Jane Eyre

Knock

L'homme qui rit

La Bête humaine

La Cantatrice Chauve

La chartreuse de Parme

La cousine Bette

La Curée

La Farce de Maitre Pathelin

La ferme des animaux

La guerre de Troie n'aura pas lieu

La leçon

La Machine Infernale

La métamorphose

La mort du roi Tsongor

La nuit des temps

La nuit du renard

La Parure

La peau de chagrin
La Petite Fille de Monsieur Linh
La Photo qui tue
La Plage d'Ostende
La princesse de Clèves
La promesse de l'aube
La Vénus d'Ille
La vie devant soi
L'alchimiste
L'Amant
L'Ami retrouvé
L'appel de la forêt
L'assassin habite au 21
L'assommoir
L'attentat
L'attrape-coeurs
Le Bal
Le Barbier de Séville
Le Bourgeois Gentilhomme
Le Capitaine Fracasse
Le chat noir
Le chien des Baskerville
Le Cid
Le Colonel Chabert
Le Comte de Monte-Cristo
Le dernier jour d'un condamné
Le diable au corps
Le Grand Meaulnes
Le Grand Troupeau
Le Horla
Le jeu de l'amour et du hasard
Le Joueur d'échecs
Le Lion
Le liseur
Le malade imaginaire
Le Mariage de Figaro
Le meilleur des mondes

Le Monde comme il va

Le Parfum

Le Passeur

Le Petit Prince

Le pianiste

Le Prince

Le Roman de la momie

Le Roman de Renart

Le Rouge et le Noir

Le Soleil des Scortas

Le Tartuffe

Le vieux qui lisait des romans d'amour

L'Ecole des Femmes

L'Ecume Des Jours

Les Bonnes

Les Caprices de Marianne

Les cerfs-volants de Kaboul

Les contes de la Bécasse

Les dix petits nègres

Les femmes savantes

Les fourberies de Scapin

Les Justes

Les Lettres Persanes

Les liaisons dangereuses

Les Métamorphoses

Les Mouches

Les Trois mousquetaires

L'étrange cas du Dr Jekyll et de Mr Hyde

L'Ile Au Trésor

L'île des esclaves

L'illusion comique

L'Ingénu

L'Odyssée

L'Ombre du vent

Lorenzaccio

Madame Bovary

Manon Lescaut

Micromégas

Mon ami Frédéric

Mon bel oranger

Nana

Ne tirez pas sur l'oiseau moqueur

Notre-Dame de Paris

Oliver twist

On ne badine pas avec l'amour

Oscar et la dame rose

Pantagruel

Le Misanthrope

Perceval ou le conte du Graal

Phèdre

Ravage

Roméo et Juliette

Ruy Blas

Sa Majesté des Mouches

Si c'est un homme

Stupeur et tremblements

Supplément au voyage de Bougainville

Tanguy

Thérèse Desqueyroux

Thérèse Raquin

Ubu Roi

Un Barrage contre le Pacifique

Un long dimanche de fiançailles

Un secret

Vendredi ou la vie sauvage

Vipère au poing

Voyage au bout de la nuit

Voyage au centre de la terre

Yvain ou le Chevalier au lion

Zadig

À propos de la collection

La série FichesdeLecture.com offre des contenus éducatifs aux étudiants et aux professeurs tels que : des résumés, des analyses littéraires, des questionnaires et des commentaires sur la littérature moderne et classique. Nos documents sont prévus comme des compléments à la lecture des oeuvres originales et aide les étudiants à comprendre la littérature.

Fondé en 2001, notre site FichesdeLectures.com s'est développé très rapidement et propose désormais plus de 2500 documents directement téléchargeables en ligne, devenant ainsi le premier site d'analyses littéraires en ligne de langue française.

FichesdeLecture est partenaire du Ministère de l'Education du Luxembourg depuis 2009.

Plus d'informations sur www.fichesdelecture.com

ISBN: 978-2-511-02857-5

Notes :